혁명은 오지 않는다

혁명은 오지 않는다

—

초판 1쇄 2015년 2월 16일
지은이 양곡
펴낸이 김영재
펴낸곳 책만드는집

주소 서울 마포구 양화로3길 99 4층 (121-887)
전화 3142-1585·6
팩스 336-8908
전자우편 chaekjip@naver.com
출판등록 1994년 1월 13일 제10-927호
ⓒ 양곡, 2015

—

ISBN 978-89-7944-515-2 (04810)
ISBN 978-89-7944-354-7 (세트)

책 만 드 는 집   시 인 선 065

혁명은 오지 않는다

양곡 시집

책만드는집

뚜렷한 직장 없이 부초처럼 세상을 떠돌며 5년을 견디면서
도 이만큼의 시편들을 그동안 여기저기에 내던졌습니다. 이
승에서 지은 죄가 이렇게 너절하게 되었다는 뜻입니다.

예상하지 못한 채 직장을 나와서는 여러 군데를 기웃대며
밥벌이를 하기 위해 드나들었습니다. 하지만 세상은 저를 밥
만 먹고 살게 내버려 두지는 않았습니다. 그때마다의 편린들
을 기록한 것이 이 글들이기에 굳이 시라고 고집하지는 않겠
습니다. 어차피 저는 시를 잘 쓰는 시인은 아니라는 사실을
잘 알기 때문입니다.

시에 대한 믿음은 그러므로 아직도 저에게 있어서는 신앙
입니다. 지금보다도 더 높고 더 크고 더 아름답고 더 신성하
고 더 외롭고 더 완전한 곳에, 더 쓸쓸한 모습으로 시는 살아
있다는 저의 생각에는 아직도 변함이 없기 때문입니다.

저에게 와서는 이제껏 어설픈 시편들로만 남았지만, 불안

한 시편들을 읽어줄 사람은 또 저의 주위에 몇 사람이 더 늘어났습니다. 무엇보다도 참으로 귀하게 맺어진 인연으로 참으로 높게 태어난 건우 서진 언우가 자라서 철이 들어 저의 글들을 읽어줄 것이라 생각을 하면, 저는 한없이 기쁘고도 조심스러워집니다.

저더러 사랑을 해보라며 재미나게 사는 삶을 권하는 분들이 주위에는 아직도 있어 결코 슬프지만은 않다고 위안을 삼습니다.

저무는 하늘 끝이 보이는 나이에 들어섰다는 생각이 밤이면 깊습니다.

잠자리에 들기 전에 모두에게, 모든 것들에게 고마움을 전하려 합니다.

2015년 봄을 기다리며
지리산 아래 수계정脩契亭 우거寓居에서
다영 양곡 삼가 적습니다.

| 차례 |

2부 2010년

3부　2011년

4부   2012년

5부   2013년

6부 2014년

1부
2009년

가을밤 빗소리

꿈속에서 한 여인을 보고 있었네
산초알로 반짝이는 머리카락
넥타이처럼 늘어진 허리
둑길 혼자 걷는 모습
오래된 사진처럼 보고 있었네

어깨 너머로
오후 두 시의 태양은 붉게 타오르고

갑자기 빗소리가 잦아들었네
잠 속으로 빗소리 스며들어
빗소리에 잠 깨어
가을밤 빗소리
하염없이 듣고 있었네

계룡산 오뉘탑

진눈깨비 질척이는 날 계룡산에 갔네
마음처럼 눈발 펄럭이다가
비로 바뀌어 흩뿌리다가
하늘은 종잡을 수가 없고
주먹밥 한 덩이 소주 한 병 싸 짊어지고
영험이 남쪽에서는 최고라는 소문 듣고
새해 새 기운 받으려고
계룡산에 갔네
작은 배재 올라 큰 배재 넘으니
상원암 터 거기 남매탑 서 있더만
5층 7층 앞뒤로 나뉘어 서서
눈과 비 섞인 바람 오롯이 맞고 서 있더만
하늘은 천 년 전에도 그랬다는 듯이
점점 어두워져 오고
발아래 자욱하게 저녁 안개 덮이는
동학사 계곡의 어지러운 인적들 물끄러미 바라보며
갈피 없이 흩날리는 진눈깨비를
온몸으로 맞고 서 있더만,

까마귀

불길하다는 징조로 퉤퉤 침을 뱉으며
젊은 시절을
비겁하게 금기시하며 보냈다

언어의 발굽으로
은유와 상징을 사냥 다니던 어느 날
사냥감을 빼앗기기 싫어한 폭군이 퍼뜨린
헛소문이라는 사실을 알았다

눈여겨볼 만한 민주주의도 이념도 없는
빈 겨울 들판을 물음표 쉼표 느낌표로 서성이는 새
겨울을 나기 위해 날아온 텃새라는 사실조차
나는 도무지 믿을 수가 없다

누군가로부터 억눌린 생각들이
까아맣게 창밖으로 점 점 점 흩날리는 풍경
아픈 기억만 우수수 떨어진다

김수환 추기경 선종_{善終}에 부처

-2009년 2월 16일 오후 6시 12분

하느님 앞에 서 있을 때

가장 사람답다던

말씀 하나

빛을 뿌리며

어둠 속으로 날아가네

바보라며

스스로를 참 바보스러운 사람이라며

살아온 여든일곱 해

하느님은 정말 하늘에 계시는지?

땅 밑에 계시는지?

총칼이 난무하던 암흑의 시절

반목과 증오와 불의의 광야에

홀연히 한 개 촛불로 타오르며

우리나라 처음으로 추기경이 되었느니

아쉬울 것이 없어라

빛나던 말씀 하나

오늘

어둠 속으로 사라지고 있네

나의 시론詩論 I

사람 사는 세상
천 년 전에도 시가 있었듯
시인은 있었고 천 년 후에도
이 땅에 시인은 있고
시는 있을 것이다

오늘 저녁
몇몇 시인과 어울려 술을 마시고
차를 마시며 나눈
밤하늘의 별빛 같은 시詩에 관한
하고많은 이야기들은
우주宇宙의 기나긴 역사歷史에 비추어 보면
얼마나 사소하고도 하찮은 시간時間 속의 일인가

사람 사는 세상
천 년 전에도 분명 시인이 있어
시가 있었듯 천 년 후에도
이 땅에 시는 있어
시인 또한 있을 것이다

나의 시론詩論 Ⅱ

오랫동안 나는 나를 팔아 시를 썼다
가족들의 눈물 어린 내력으로 먹을 갈고
약육강식의 생활 현장에서
피를 팔고 땀방울을 팔아
한 편의 시를 썼다

술을 마시며 책을 사고
논문을 읽으며 찻집을 들락거리고
농부가 씨 뿌려 가을걷이를 하듯
한 줄의 시를 읽고 나는
한 줄의 시를 썼다

한동안 나는 나를 죽여 시를 썼다
그리운 가슴속 여린 마음의 생채기
쪼들리는 생활의 빈손을 싹싹 빌며
물려받은 유산을 처분하는 탕자처럼
손품 발품으로 한 편의 시를 썼다

나의 시론詩論 Ⅲ

나는 한때 시를 쓰면 다 시가 되는 줄로만 알고 덤빈 적이 있었다. 돌이든 나무든 끌어다가 목수가 집을 지으면 그냥 집이 되는 줄로만 알았던 때가 있었다.

그러다가 그건 집이 아니라, 시가 아니라 달콤한 연애편지도 바람 펄럭이는 천막도 되지 못한다는 사실을 알았다. 달셋방에 살고 있는 목수의 기술보다는 언제나 떠돌이로 사는 시인의 재주보다는 돌이나 나무의 재질이 좋은 시를 만들고 아름다운 집을 결정한다는 사실을 안 것은 몇 년 전부터다.

우리들은 모두 빈손으로 태어났고 우리들의 주검은 모두 빈손일 것이다. 이 세상에 명확한 것은 죽음뿐이다. 세상이 곧 삶이고 삶과 죽음 사이에는 '과'가 있을 뿐, 이 '과'는 누구에게나 주어지고 누구나 얻어지는 돌과 나무일 뿐이다. 생각해보니 다만 '과'가 얼마나 '과'답게, '과'하게 이 세상을 살아내느냐를 증명하는 벼랑 끝에 언제나 내 목숨은 달려 있었다.

낙화암落花巖에서

여기까지 달려온 사람은 분명 나인데
여기까지 쫓아온 것은
무엇인가?

검푸른 사비수에
뛰어내리기 전
다시 한 번 불러보는 이름
조국이여
목숨이여

나당 연합군의 말발굽 소리
아직도 귓전을 때리는데
한 폭 치마를 둘러쓴 채
나
꽃잎처럼 물 위에 뛰어내릴 때

하늘은 나를 위해?
사랑은,

승리한 자의 역사는 나를 위해?

결국 그 무엇인가?
나는 또
결국 그 무엇 때문에?

덕천강 9

세월 헤쳐 가다 보면 더러 놀랄 때가 있다
몇천 년 아무 말 없이 흘렀는데
흐르며 굽이치며 치산치수
노래하며 때론 기뻐서 춤도 추었는데
근년에 들어서 강은 사름시름 앓아야 했다
중장비를 동원해서 강바닥 청소를 하고
돌덩이로 단단하게 벽을 만들고 콘크리트를 바르더니
이제는 물길 막아 댐을 만들겠다 한다
이제는 댐의 높이를 더 높여야겠다 한다
흐르는 물길을 막아 수몰 지구로 만들겠다 한다
피와 땀으로 일군 옥토는 물속에다 넣고 고향을 떠나라 한다
홍수도 막고 식수로도 이용해야 하기 때문에
댐은 막아야 한다지만
물에 잠기는 땅 사람들은 말할 것도 없거니와
물에 잠기고 난 땅의 인근 지역 사람들은 또
무엇을 어떻게 해서 먹고살아야 할지?
살아가야 할 길은 도무지 그려지지 않는다
우리가 언제부터 강물을 식수로 쓰기 위해

하류 지역 사람들이 단 한 번이라도
상류 지역 사람들의 삶을 생각하며 단돈 십 원이라도
흐르는 강을 위해 고민하며 투자해본 적 있었던가
강이 놀라서 파르르 떨고 있다
대한민국이 강을 위해서 언제부터
이러한 정치 공약들을 세상에 내놓았던 적 있었던가
강도 이럴 땐 어이가 없어 파르르 손만 떨고 있다

별로구나 생각할 때

그 누구를 그 무엇을
별로구나 생각할 때
그 별로구나는 온종일 거리를 방황하다가
날 저물자 하늘로 올라가
별이 되고
나는 캄캄한 어둠 속 불 꺼진 방 한 칸이 된다

그런 별로구나가 어느 날 밤 문밖까지 찾아와
촛불 같은 한 편의 시로 태어나기도 하고
바람으로 불기도 하고
비 오는 날 빗줄기로 마당을 서성이기도 하고
길가에 나뒹구는
쇠똥 한 덩이, 자갈돌 한 개가 되기도 한다

그 누구든
그 무엇이든
별로구나 생각하며 외면해버리는 그 순간
우리가 만나는 세상은 항상 별로인 어둠뿐이지만

그 별로구나는 무관심 속을 헤치고 하늘로 올라가
저마다 반짝이는 별이 되고 추억이 되고

나만 홀로 지상에 남아
이제는 아주 못 쓰게 된 별로구나로
한없는 외로움과 추위로 떨고 서 있을 때
캄캄한 어둠 속에서
이미 별이 된 이름과 얼굴과
꽃과 말씀을 이슥도록 생각하게 한다

산엔청
—산청한방약초축제에 부쳐

우리네 삶의 발길은
눈길이 가닿는 데로 떠돌아다니지만
산이 맑고 물이 맑아 마음 맑은 산청 사람들은
그리 멀리 떠나가지 않는다

필봉산과 황매산이 얼굴 맞대고
양천강과 덕천강이 손에 손을 잡고
선비의 기침 소리 골짝마다 터져 나와
한때는 프랑스 파리까지 간 적도 있긴 있다

해마다 오월이 산청에 오면
물끄러미 지리산이 내려다보고 서 있는
전광들의 감국·삼백초·어성초들은 어깨를 들썩이고
초산·초객이 찾아온 약초를 유이태 선생이 달이시던
왕산 약수터 맑은 물소리
풀뿌리 나무뿌리 가다듬어 노래를 한다

시간의 바깥에서도 언제나 목숨은 나고 피어

사람 맑은 경호강 푸른 물가 오월이 오면
벌도 나비도 꽃향기를 내뿜으며
산청에는 한바탕 축제의 물결 출렁인다

삼천포 남일대 근처

－진널전망대

삼천포에 가서

남일대 근처 진널전망대에 서서

세상 한번 휘둘러볼라치면

살아가는 모습들 한결같이 난민難民 같다

서울이나 경북에서 와 휴일 하루 놀다 보니 때를 놓쳐

이제 막 늦은 점심을 길 가장자리에 펼치는 놀이꾼들이거나

낚시를 드리운 채 쉴 새 없이 꿈·희망을 낚으려 드는 낚시

꾼들이거나

목포나 여수, 광주 등지에서 무슨 무슨 이야기에 홀려

사람들이 만들어놓은 관광로 따라 아기자기한 사연들 내력

來歷 삼아 바닷가

답사踏査하는 발걸음들 또한

한낱 난민의 행렬行列들일 뿐

내륙內陸의 헤아릴 수 없는 물길들도 이윽고 바다에 와서는

남해 바다의 더 큰 그리움으로 일평생을 해안에 철썩이듯

우리들 삶도 안 그런 것 같지만 결국은

저마다 슬픔이나 아픔, 비밀 같은 것들 손톱 밑에 가시로

숨긴 채

그저 하루하루를 누더기 누더기로 꿰매며 살아가는 얼굴들
남일대 근처 진널전망대에서 보면
모두가 다 훤히 드러나 보이는 것이다

백로_{白露} 무렵

늦더위가 마지막 힘을 쓰는 일요일 오후
오전 동안 선산 다섯 위位 벌초를 끝내놓고
방이며 마룻바닥 청소를 하는데
개미 한 마리가 벌레 주검 하나를 끌고
어디론가 열심히 가고 있는 모습을 본다
내 인생도 이렇게 누가 보고 있는 줄도 모르고
오늘 하루를 힘겹게 어디론가 가고 있을 일인데
석가모니 말씀에는 이 모두가 보살행이어서
세상은 화엄 바다라 말씀하신다는데
개미 한 마리의 오체투지 삼보일배를 보고 있는 나는
개미 한 마리의 일생일대 사업에는 관심이 없고
열대화 되어가는 지구에 사는 사람의
땀방울이나 어서 찬물로 싹 씻어버리고
일요일 오후의 달콤한 여유 속으로 들어가
낮잠이나 한숨 푹 자고 싶은 마음뿐인데,

섬진강

물길 거슬러
지리산 속으로 걸어 들어간 사람들
다시는 마을로 돌아오지 않았다

해마다 봄날이 와서는
매화꽃을 피워놓고
길목마다 배꽃을 피워놓고
쌍계사 입구까지 벚꽃을 피워놓기도 하고

꽃이 지자
섬진강 푸른 물가
하얗게 모래밭으로 드러나는
이미 마을을 다녀간 사람들

물길을 연다
하동포구 팔십 리
지리산이 물길을 연다

슬픈 노래

그립다 그립다는 이 말 한 마디도
우리가 이승에 머물며
노래할 수 있기에 가능한 노릇일 뿐
그리움으로 아파하는 사람아
오늘 하루 미친 듯 거칠게 부는 바람과
펄럭이는 눈발
펄럭이는 눈발 헤치며
떠나간 머언 길에서 지금 돌아오는 듯
사랑하는 사람아
그리워하는 마음 있기에 우리가 사랑하고
사랑하는 마음 있기에 우리가 아파하는
이 애지고도 막막한 오늘 하루를
시나브로 시나브로 눈발로 펄럭이다가
이대로 천년이 가고 만년이 가도
사람아 우리들 가슴은
미루나무 빈 가지를 붙잡고 이렇게 흐느끼는
일조차 이승에서 목숨 붙이고 살아 있기에
다만 가능한 노릇일 뿐,

십 년 만에

십 년 만에 고향 집에 왔다
십 년 만에 가족들 모여
마당의 풀꽃처럼 인사 나누고
저승으로 가신 어머니도 십 년 만에 비로소 만난다
담장이 허물어진 장독대와
볏섬을 쌓았던 곳간은 아직도 서 있고
어머니는 부엌에서
불빛처럼 늦은 저녁을 짓고 계시는 듯하다
십 년 동안 많이 변했다
매캐한 연기가 이젠 싫지도 않고
쥐 떼들 날뛰는 토방이 좁아 보이지도 않는다
더운물이 안 나와도 불편하지가 않다
십 년 만에 고향 집에 와
작은 골 큰 골 지나 대숲 머리
선산 자락 할미꽃도 만나보고
호미질 괭이질로 하루쯤 추억 속을 더 기웃대다가
날 밝는 아침에 떠나려 한다
어머니가 늘 서둘러 지어주시던 학교 밥을
이번에는 제대로 챙겨 먹고 떠날까 한다

지심도只心島에 가다

배가 뜰까 못 뜰까
풍랑처럼 부표처럼 마음 흔들릴 때
추억처럼 떠오르는 섬
마음 심心 자字를 닮았다고
오체투지로 뱃길 일러주는 갈매기 떼

뱃길 따라 겨울 한 철이 가고
뱃길 따라 봄 오듯

동백꽃 무더기로 피어날 때
동백꽃 꽃잎마다
사랑도 미움도 이제는 자수刺繡로 뜨이는
사람아

아직도 봄날 오기 전에
아직도 봄날 오기도 전에,

진주晉州 남강南江

진주 남강을
아직도 눈물로 건너는 사람들이 있다
누군가에 쫓기듯
누군가에 달려들듯
얼마 남지 않은 모래밭에 발자국을 찍으며
사람다운 사람으로 한번 살아보겠다고
역사의 피가 흐르는
이마에는 가끔 흰 광목을 질끈 동여맨 채
고향을 지키겠다며
아금을 물고
사람다운 사람들이 사는 참세상
죽기 전에 꼭 이루어보겠다고
잃어버린 꿈 같은 대숲을 바라보며
진주 남강을 지금도
눈물을 삼키며 건너는 사람들이 있다

진주 남강 유등流燈

내 생각 몇 개가
물 위에
떠 있다

사연이 사무칠수록
더 밝게
빛나는 불빛들

어두운 물 위에
내 생각 몇 개가
떠 있다

혁명은 오지 않는다

촛불 시위가 한창이던 밤이 지나고 아침이 되자 학생들은
등교를 시작한다
자동차들이 막 잠에서 깨어나 안개에 묻힌 길을 비춘다
양복을 한복으로 갈아입은
몇몇 사람들이 불편함을 소리치며
이따금 경찰서 근처를 들락거리지만
굴 딱지처럼 다닥다닥 엎드린 산동네는 그릇 부딪치는 소
리에 묻혀
쓸쓸히 가을을 맞이하고 있다
혁명은커녕 민주주의도 오지 않는 산은
입산을 통제하기 위하여 무진 애를 쓰는 모습이 역력하고
강은 여전히 자랑이라도 하듯
역사를 외치며 정의를 외치며 그저 강물로 흐른다

희한한 세상

안경眼鏡이 안경에게 문진問診을 하고
외로움이 외로움을 배란排卵하는

유곽遊廓의 도시
이 악물고 한 세월 비 맞고 나니
한 시절 또 가뭄이 오고
절망도 사라진 지 오래인
희한한 세상

남자들은 주말이면 바쁘게 산으로 가고
이혼한 여자들이 술집에 모여 낮술에 취한다

갱년기를 맞은 전답田畓이여
무간지옥無間地獄의 시간이여

흰 눈 소식

'너희와 모든 이를 위하여pro vobis et pro multis'

김수환 추기경이

명동 성당에서 수의壽衣로 갈아입고

입관入棺을 끝내던

서기 2009년 2월 19일 저녁 5시경

대한민국은

흰 눈으로 덮이고 있었다

2부

2010년

구월九月이 가기 전에

구월이 가기 전에
내 따뜻했던 이승의 하루를 한 번 더 사랑하리
생각해보면 삶은 외롭고도 한없이 쓸쓸한 것
여름 한 철 윗옷을 벗어 던진 채 대지大地를 활보하던 붉은
태양
이글대는 길을 따라 사랑을 맹서하던 부끄러운 젊음도
시간이 지날수록 그리운 시절 안타까운 열정이었느니
길은 찾아 나설수록 아득히 또 다른 길을 부르고
산은 산으로 막아서서 언제나 적막하나니
잊히는 기억 속의 어느 오솔길에도 샘물은 언제나 솟아 흐
르고
더러는 어두워오는 마을 입구를 지키며
불빛처럼 가로수마다 밤이나 감 같은 과일도 열리느니
여름의 화려했던 땡볕,
땡볕 아래 쏟아지는 환호 같은 땀방울들
통일 민족 민주주의 용서 화해 같은 단어들을 새삼 기억하며
내 구월이 가기 전에
따뜻했던 이승의 하루를 한 번 더 사랑하리

11월의 시

나뭇잎이 지고 있다 낙엽이라는 이름으로
단풍이라는 이름으로 11월에는
무작정 지기만 하는 저 무수한 나뭇잎들도
바람이 불라치면
미친 마음처럼 천지 사방으로 정신없이 날뛴다
마치 지난여름의 태풍 때처럼

스마트폰으로 바꾼 내 휴대전화가 자꾸 마음에 걸린다
바꾸지 않아도 될 것을 경품에 당첨이 되는 바람에
공짜라는 유혹 때문에 최신형으로 바꿔주겠다는 선심 때
문에
선뜻 스마트폰으로 바꾼 나의 결정은
전화를 주고받는 동안 두고두고 마음에 걸릴 것이다

머언 곳에서 달포 전에 만난 한 사람을 생각한다
지금도 앓고 있을 그 사람은 아무도 찾는 이 없는 임대 아
파트에서
며칠을 먹지도 못한 채 혼자 앓아누워 있어본 적이 꽤 있다

고 했다
　그 사람에 비하면 참으로 나는 다행이라는 생각을
　이전에도 몇 번이나 했던가 몰라 그 사람은
　고통이 사라질 때까지 며칠이고 가만히 누워 있을 뿐이라
고 했다

　나뭇잎은 우수수 소리를 내며 지고 있다
　앓는 소리인지 아쉽다는 소리인지?
　낙엽이라는 이름으로 아니면
　단풍이라는 이름으로 지는 저 나뭇잎들도
　바람만 불지 않으면 가만히 누워 있다
　어지러운 발길들이 세상을 거칠게 짓밟고 지나쳐도
　그저 우수수 소리만 내면서 나뭇잎은 그렇게 지고 있다

길

어디서 와서 어디로 가고 있는지는
가끔 잊기도 하지만
발자국들이 발자국들끼리 만나고 헤이듯이
길은 길끼리 길에서 헤이고 만난다
살다가 보면 겨울이 오고 있는지
가을이 가고 있는지 잘 몰라도
국도 19호선 하동 근방에서 만지 배를 따거나
코스모스꽃이 필 때쯤이면 이미 겨울이 왔거나
벌써 가을은 가고 있는 것이다
가고 오는 길목마다 발자국들은
언제나 가득가득 축제 같은 사연들을 담은 채
나뭇잎이나 꽃잎 몇 장으로 바람에 흩날리고
앞장서서 걸어가는 사람들의 어깨가
조금씩 하늘의 구름이나 노을에 젖어갈 때
저만치에서 지리산은 아직도 사람들을 부르고 있고
섬진강은 변함없이 동쪽으로 흐르고 있다는
사실을 새삼 깨닫게 된다
모두는 길을 가면서 때때로

어디서 와서 어디로 가고 있는지는 정녕 잊기도 하지만
길은 길끼리 길에서 모이고 흩어지고
발자국은 발자국들끼리 흩어지고 모이면서
봄날을 애타게 그리워하기도 하고
안타깝게 여름을 보내기도 하는 것이다

가로등 불빛 속에는

가로등 불빛 속에는
내 나이 예닐곱 살 때
흐릿한 등잔불을 밤새워 밝혀놓고
아랫목 이불 밑에 묻어놓은 밥공기만 한
달을 쳐다보며
십 리 길 오일장에 가서는
아직도 돌아오지 않는 남편을 기다리는
어머니의 마음이 서려 있다

달하 노피곰 도다샤 어긔야 머리곰 비춰오시라
달하 노피곰 도다샤 어긔야 머리곰 비춰오시라

깃발

푯대 끝에 누가
연애편지를 걸어놓았나?
―사랑이란 펄럭이며 깊어지는 것
   애정도 가만히 있으면 마음이 바닥에 가라앉아
   어떤 감동도 어떤 아픔도 견디지 못하는 연약한 풀잎에
지나지 않는 것

푯대 끝에 누가
마음을 걸어놓았나?
―마음도 때로는 아프게 펄럭이고 싶은 것
   슬픔도 아프면 마음이 먼저 울고 싶은 것
   비 오는 날에는 창가에 다가와 누가 나의 가슴을 적셔줄
것인가

단풍이 아름다운 것은

늦가을이나 초겨울쯤에 지리산으로 가
문장대나 제석봉
칠선계곡의 단풍 드는 모습을
바라보다가 보면

아니 멀리서 그냥
빛깔만 풍경만 보는 것이 아니라
가까이 다가가서
이제 막 단풍이 드는 나뭇잎
한 장 한 장을 살피다가 보면

단풍이 드는 나뭇잎은
예쁘게 보이기 위해서 자신을 화장하는 것이 아니라
누구보다 치열했던 한평생을
마감하는 아픈 의식이라는 것을 알게 된다

우리가 아름답다며 바라보는 단풍은
모두가 다 이승을 떠나는 다비식이다

단풍이 아름다운 것은 결국

노을처럼 사라지는 이파리의

한 생애를 장엄하게 증명하는 것 때문이다

남강휴게소에서

무엇이든 어디론가
바삐 바삐 가고 있는 모습들인데
나의 길만 뚝 끊어져 있다
끊어질 듯 이어지는 발걸음들을 위해
허공을 흐르는 음악은
풍경을 가슴속까지 빨아들이며 바람을 일으키고
민낯을 잃은 사람들 속
누구 한 사람 또 세상과 작별을 한 듯
잠시 상주들이 몰려온다
맑고 푸른 하늘 뙤약볕 아래
새삼스럽게 눈물 떨구는 얼굴은 있을 리 없고
흐르는 음악에다 저마다의 이정표를 새기며
어제도 내일도 걸어야 할 길이라는 듯
길은 또 어디론가 서둘러 갈 길을 나서고
결국은 뒷모습들만 눈에 긁히는
남강휴게소에서
문득 길이 끊어진 나는
자판기 커피를 마신다

문신文身

차카게 살자
차카게 살자

스물한두 살 때
맥줏집 웨이터로

음악다방 디제이로
카페의 바텐더로

푸른 하늘을 날아다니던
용 한 마리

피 묻은
싸움닭 한 마리

허벅지에 등짝에
팔뚝에 가슴에

비 오는 날의 인력시장

비 오는 날, 일 없어 빗줄기 바라본다
일이 있는 날은
바라볼 빗물조차 빗소리 들어볼 시간조차 없다
주어진 일이 팍팍해서가 아니라
얼마 만에 받은 일인데 어렵사리 받은 일을
열심히 정성 들여 힘들여
내 일처럼 해야 할 고마운 일이기에
일을 받은 날 일터에서는 하루 종일
비가 오는지 바람이 부는지
상춧값이 오르는지 시장에 과일이 동이 나는지
이런저런 관심을 가질 여유가 없다
도공이 도자기를 빚듯
노인이 길거리에 앉아 방망이를 깎듯
김연아가 3회전 점프를 연달아 성공시키듯
아무런 생각 없이 힘들다는 표정도 없이
일의 순서에 따라 일의 앞뒤에 맞춰
노예가 주인 따르듯 오로지 주어진 일에만
정신을 집중해야 한다

일 없어 하염없이 빗줄기를 바라보는 이런 날에는
아침에서 점심때가 될 때까지 빗소리를 들으며
아이의 학교 길을 생각해보기도 하고
오랜만에 아내의 잔소리를 기억해보기도 하면서
이달 치 밀린 집세와
마감일이 다 된 공과금 납기일을
흐르는 빗물처럼 또 유장하게 생각해보는 것이다

봄날

앙상한 정신의 뼈마디로
이제는 모든 것이 끝났구나 생각될 때
풀뿌리조차 얼어붙어 이제는 정말
일어설 수도 없겠구나 생각될 때
그대는 꽃샘추위처럼 나에게 찾아온다
길가에 산수유꽃을 노랗게 피우며, 점심때
유치원 정문 앞에서 만났던 아지랑이가
골목길 모퉁이를 아롱아롱 돌아드는 오후 세 시쯤
아무에게도 알리고 싶지 않고
누구에게도 들키고 싶지 않았던
강 건너 잔설殘雪이 얼룩진 산자락의 기억
마루 끝에 앉아 눈이 아프게 바라볼 때
그대는 산토끼들을 멸종시킨
들고양이들처럼 마당을 가로질러
무릎걸음으로 나에게 찾아온다

삶을 위하여

살아 있어도 죽은 사람이 있고
죽어 있어도 살아 있는 사람이 있다
송홧가루 날리는 이 나라 오월은
웬 이다지도 손수건으로
눈물 닦을 일이 많은가
전라도로 가도 산천은 푸르고
경상도로 가도 세상은 온통
푸르고 푸른 색 한빛인데
살아 있지만 죽은 사람이 있고
죽어 있지만 살아 있는 사람이 있다

서포 김만중의 유배일기 流配日記
-그 하나 · 벽련포구

이윽고 남해 섬 바닷가에 닿았네 죄인의 몸으로
천 리 길을 걸어 뱃길 타고 삿갓처럼 떠 있는 섬, 노도櫓島
왜구倭寇를 물리치던 선인들의 함성 가득한
노도를 옆에 바라고, 나 벽련포구에 서 있네
생각해보면 내가 세상에 첫발을 내밀 때도
바다 위 선상船上에서였네, 주상主上 전하殿下는 삼전도에서
항복을 하고, 나라를 속국으로 삼키려 달려드는
후금後金의 무리들에 맞서 싸우셨다는 아버지
끝내 불길에 뛰어들어 하늘나라로 가시던 날
어머니 울음소리, 이후 온 나라에 그치질 않았네
글하는 선비의 몸속은 언제나 파도로 부서지는 바다같이
쏟아서는 아니 되는 언어들로 활활 불타오르고
눈을 감고만은 살 수가 없는 세상의 일터에서
살아갈수록 눈에는 사람이 가야 할 길들만 보일 뿐
차마 목숨 같은 말과 글을 버리고
나는 산으로 도망칠 수가 없었네
사람이 가야 할 길들을 버려두고
짐승이 가야 할 길을 찾아 나서지 못한 죄

아버지 불길에 휩싸여 푸른 하늘로 가셨듯이
나 이렇게 삶의 불길 마음속에서 재우지 못해
남해 섬 바닷가에까지 왔네 강원도 금성으로
평안도 선천으로 떠돌던 유배의 짚신짝들이
오늘은 삿갓처럼 물 위에 떠 있는 섬, 노도를 향하고 섰네
한양에서 천 리 길을 걸어 뱃길 타고 비로소
나 남해 섬 바닷가 벽련포구에 닿았네

서포 김만중의 유배일기

－그 둘·노도樐島*

건너편 벽련포구에서는 삿갓처럼 보이던 섬이
가까이 와서 보니 숱 많은 머리처럼 생겼다
사계沙溪** 증조부 적에 날뛰었다던 왜구倭寇의
발자국 소리 지금도 들리는 듯한데
모두 털어 열서너 집 되는 이 섬마을이
앞으로 내가 살아가야 할 세상이라니……

풍문으로 들리는 나라 소식에서는 아직도
사람의 도리와 왕실의 명분 확립 사이에서
리理와 기氣의 싸움은 그칠 줄을 모르고
죄수를 싣고 한양에서 천 리 길을 걸어온 말馬들도
여기에 와서 비로소 안식을 찾는다

망망하게 펼쳐진 바다를 향해 나는 이제
또 무슨 생각을 하며 무엇을 그리워해야 하나
하얗게 세어버린 머리카락 애써 눈물 감추며
유복자로 키운 자식 유배 떠나는 모습
멍하니 보고 섰던 늙은 홀어미를 더 그리워해야 하나

기억에서조차 깜깜한 아버지를 더 생각해야 하나

임진壬辰 · 정유丁酉란亂*** 때 노를 만들었다 하여
노도라고 부른다는 이 섬에 올라
눈물로 옷깃 여미며 북향 사배를 올리느니
살아서 사람의 도리를 지키는 일은
사람밖에는 그 누구도 할 수 없는 일이러니……

* 남해의 섬. 삿갓처럼 보인다고 해서 삿갓섬이라 부르기도 했다.
** 흔히 조선 례학의 종장으로 불리는 김장생(金長生, 1548~1631)의 호. 서포
김만중의 증조부.
*** 임진왜란(1592년), 정유재란(1597년).

서포 김만중의 유배일기
－그 셋·태풍

몸은 섬에 있어도 마음은
서울에 있다 폭풍우로 몰아치는,
생각할수록 미친 세월의 시간 앞에
그래도 늘 나를 견디게 하는 것은
저 푸른 바다와 하늘뿐

마을 사람들은 땅 위에서
오솔길을 나다니며 물을 긷다가
때론 번개를 만나기도 하고
소슬한 바람결을 손질하며
언덕 위에서 나라님을 생각하다가
갑자기 천둥소리를 듣기도 한다

모두를 쓸어버리리라
해일과 함께 폭풍우가 밀려드는 날이면
남해 바다의 실성한 노여움 앞에
평소에는 장승처럼 서 있던 미루나무
몇 그루도 이제는 할 수 없다는 듯이

뻣뻣한 허리 굽혀 인사를 한다

하늘 같은 조정朝廷의 기별은 늘 하늘에 있고
불민不敏하기만 한 나의 하루는
오늘은 폭풍우가 산책길에까지 휘몰아쳐
꼼짝도 못하고 작은 섬마을 노도는
하릴없는 상념으로 부산하다

서포 김만중의 유배일기
-그 넷 · 어머니에게 보내는 편지

오늘 하루도 편안하셨는지 소자 걱정합니다, 어머니! 하직 인사로 떠나올 때 잘 다녀오너라고 하시던 말씀 아직도 귓전을 맴돕니다. 잘 다녀올 것 없는 못난 자식의 유뱃길에 명철보신明哲保身이나 하고 있다가 언제인지는 모르지만 주상 전하의 노여움이 풀리거든 그때 잘 돌아오너라 생각하시면서 하신 말씀이지요.

하지만 소자는 오히려 어머니의 안위가 더 걱정되어 차마 무슨 말씀도 더는 여쭙지 못한 채 홀연히 천 리 길을 떠나왔습니다, 어머니

유복자로 태어난 저의 삶이야 오로지 타고난 사주팔자 소관의 운명인데, 어쩌면 이렇게도 박복하게 살아가야 하는 저의 삶을 한평생 지켜보시는 어머니의 마음이 하늘에 뜬 구름처럼 세월의 바람에 늘 당하기만 하는 저보다도 훨씬 아프시다는 것을 소자가 어찌 모를 수가 있겠습니까?

어머니! 소자가 살고 있는 남해 바닷가 섬마을 노도에도 이제 막 유자가 노오랗게 익어가고 구절초가 하늘하늘대는 가을이 오고 있습니다. 오늘은 오솔길을 걸어 언덕으로 내려가 건너편에 두고 온 상주 송정마을의 모래톱을 하루 종일 그리

66

움처럼 바라보았습니다.

물결이 밀려와 모래톱을 덮다가 빠져나가는 모습과 물결이 부딪치며 고래 등처럼 뿜어내는 포말들도 어쩌면 우리들 사람의 목숨처럼 살아 있는 동안의 한순간 즐거움과 같은 것은 아닐까 생각하며 해가 저물 때까지 물끄러미 바라보았습니다, 어머니.

외람된 말씀이오나 어머니 곁에서 효도조차 할 수 없는 소자가 오늘 부치는 편지 속의「구운몽」은 앞으로 다가올 기나긴 동지 밤을 지새울 어머니께서 잠시라도 시름 잊기를 바라는 소자의 꿈같은 마음에서 적어 올리는 글입니다. 위리안치에서 소자가 할 수 있는 일이라고는 어머니, 낮에는 초옥을 빠져나가 남해의 여러 능선들을 바라보며 어머니가 잠시라도 미소를 머금을 이야기들을 생각하고, 밤이면 등잔불을 어루어 어머니의 깊고 깊은 한숨을 조금이라도 덜어줄 이야기를 적는 일뿐이기 때문입니다.

서포 김만중의 유배일기
−그 다섯 · 동백꽃

울지 않으며
다시는 미련 갖지 말자며

두 주먹 뽈끈 쥔 채
스스로 섬에 찾아왔네

저렇게 붉게
저렇게 흐드러지게

미소도 조금
아픔도 조금

보이며 흩날리며
무참하게 목을 놓는,

여름날 1

유월이었다. 버들잎이 푸르른 강가에서 그녀는 아비를 잃은 어린 아들과 온종일 물놀이하는 즐거움으로 여름 한 철을 보내고 있었다.

가끔씩 소나기가 퍼붓기라도 하는 날에는 비를 긋기 위하여 그녀는 아들을 데리고 인근의 마을이나 숲 속으로 달려가 오는 비를 잠시 피하기도 했다.

마루에서 낡은 선풍기가 털털대는 남편의 기일날 오후 소복을 갈아입으며 그녀는 우는 듯 웃는 듯 풍만한 젖가슴을 한 번 더 쳐올리고 있었다.

강가의 버들잎이 유난히도 푸른 여름날, 한바탕 소나기가 지나간 집 마당에는 장미꽃이 여기저기 어지럽게 흩어져 있었다.

여름날 2

어머니의 유품처럼 물려받은
구닥다리 선풍기를 돌려놓고
누룽지 조각을 씹고 있는 토요일 오후
소낙비가 오다가
가끔 번개가 치기도 하다가

내가 이대로 자는 듯이 죽는다면
누가 가장 먼저 나의 죽음을 발견하게 될까?

잎 지듯 세상과 영원한 이별을 하고
먹구름이 오락가락하는 웅석봉을 훌쩍 넘어
영혼마저 지구 밖으로 날아가 버리고 나면
서로 사랑하며 즐겁고 아름답게 산 날들보다는
아프고 괴로워서 외로워했던 날이 더 많았던
젊은 시절의 가여운 내 언약들은
고향 집 장독가에 서 있던 석류나무 한 그루로
어느 날 그림자도 없이 흔적도 남김없이
깡그리 사라지고,

이제 막 소문을 듣고 달려온 사람들 몇몇
가슴속에 자유나 해탈 같은 마음들
하나씩을 선물할 수 있을까?

번개가 치다가
소낙비가 오다가
어머니의 유품처럼 물려받은
털털털 선풍기 소리를 듣기도 하다가
누룽지 조각을 씹고 있는 토요일 오후

여름날 4
－배롱나무

이른 아침부터 뚫어지게
꽃을 쳐다보는 너는
대체 무엇이냐? 사람이냐?

백 일을 피어 있어야 하는 꽃
불행한 꽃
불행을 운명으로 버티는 꽃
누대를 이어
생명의 빛을 발하는
왕조를 이어
실존을 확인하는
생각하면 아픔만이 이름 뒤에 숨어 우는 꽃
스쳐 지나는 바람이 간지럼만 먹여도
철없이 깔깔거려야 하는 꽃
존재의 밑바닥까지도
온 천하에 까발리며
죽음을 맞을 때까지
웃음으로 피어 있어야만 진정한 꽃

하루 종일 창가를 서성이며
꽃을 바라보고 서 있는 너는
대체 무엇이냐? 사람이냐?

3부

2011년

꽃샘추위

우수 경칩 지난 밤바람 소리 매섭다
아침 강은 아직도 얼음 잡히고
종일 칼바람 부는 날 저물녘
올해 들어 난생처음 눈길을 걸어봤다는
남쪽 지방 한 선배로부터 안부 전화를 받았다
그동안의 겨울 어떻게 보냈느냐? 고,
묻는 목소리에 벌써 봄날이 묻어 있다
한 번이라도 겨울 견뎌본 사람만이
진정 봄날은 만나지는 것 같다는
평범한 진실 환갑이 다 되어서야 비로소 깨닫겠다며
나보다도 더 추운 곳에 살고 있는 사람의 겨울
한 번이라도 생각해보지 않은 인생은
해마다 우리가 이승에서 맞이하는 봄날도
나보다는 더 북쪽에 살고 있는 사람들에 비하면
언제나 한 걸음씩은 늦게 만나게 될 것
같다는 마지막 인사가
우수 경칩 지난 밤바람 소리처럼 매섭다

밤머리재* 넘기

해발고도로는 300미터가 조금 넘는다는 사실을 우연한 기회에 고도계로 확인한 적 있다 잎 피는 봄날이나 단풍 드는 가을날 넘다 보면 누구나 미치고 환장한다는 고갯길 오늘은 녹음방초 무르익는 초여름 한낮 때아닌 안개 자옥한 고갯마루 홀로 넘는다 이쪽은 삼장면 저쪽은 금서면 내려다보면 발 아래 아득한 삶의 자취 아스라이 사라지는 마을의 고요한 가옥들 낮잠 깨우며 오늘은 불현듯 고함 한번 지르고 싶다 태어날 때 처음으로 운다는 사람의 목소리로 이쪽은 금서면 저쪽은 삼장면 안개 첩첩이 쌓인 채 무한 기억 속으로 세상 잠기는 밤머리재 정상에 홀로 서서 오늘은 아~아 고함 한번 크게 지르고 싶다

---

* 경남 산청군 삼장면과 금서면 사이, 중앙선 없는 국도 59호선 위에 있다. 지리산 중봉에서 흘러내린 도토리봉과 웅석봉을 잇는 고갯마루로, 조선시대 때는 덕계 오건과 남명 조식이 이 고개를 넘나들며 사제 간의 정을 나누었다.

봄비·2011년

봄비가 보슬보슬 오는데
봄비를 맞지 못한다

일본에서 난 지진해일 때문에
원전에서 유출된 방사성 물질 때문에

인체에 해로울 정도는 아니라고
우리나라는 안전하다고

언론 보도에서는,
좀 안다는 사람들은 다들 말들 하는데

정작 믿는 사람은 아무도 없는 것 같다
올해도 봄비는 보슬보슬 오는데

봄비를 맞지 못한다
봄비가 무섭다

어느 마을에 관한 생태 보고서

한 마을에 오른손잡이들과 왼손잡이들이 살고 있었다 오른손잡이들은 양달쪽에 모여 살고 왼손잡이들은 마을의 응달쪽에 모여 살고 있었다 양달쪽에 살거나 응달쪽에 살거나 살아있는 사람들은 하루 세 끼의 밥을 먹고 푸른 하늘과 산과 과일나무와 논과 밭을 소유하고 있었다

양달쪽에 사는 사람들은 응달쪽에 사는 사람들을 보고 가끔씩 좌파라고 놀려댔다 그럴 때마다 이상하게도 응달쪽에 사는 사람들은 왼손잡이가 되어갔다 그러던 어느 날, 응달쪽에 사는 사람들은 왜 모두가 왼손잡이가 되어 살고 있는 것일까? 고민을 하며 젊은 한때를 보내기도 했다 그러나 살고 있는 삶이 잘못이라는 생각을 가진 적은 단 한 번도 없었다

응달쪽에 사는 사람들은 양달쪽에 사는 사람들이 우파라고 생각해본 적이 없었다 양달쪽에 사는 사람들은 오른손잡이로 살아가는 일이 너무 익숙해져 있어서 응달쪽에 살고 있는 왼손잡이들보다는 조금은 삶이 수월할 것이고 겨울을 조금은 따뜻하게 날 것이라는 생각을 했지만 그럴 때마다 왼손잡이들은 사람은 태어날 때부터 왕후장상이 따로 있는 것은 아니라며 위안을 하고 응달쪽에 사는 사람들은 양달쪽에 사는 사람들의

마음을 알아도 양달쪽에 사는 사람들은 응달쪽에 사는 사람들의 마음을 절대로 알지는 못할 것이라는 생각을 했다

　양달쪽에 사는 사람들은 응달쪽에 사는 사람들을 보고 언제나 좌파라고 불렀다 그러나 정작 마을의 왼쪽은 양달쪽이었고 양달쪽에 사는 사람들은 전부가 다 오른 손잡이들이었다

이사

목련꽃 몇 그루가 트럭에 실려 간다
뿌리째 뽑혀 봄날에
이사를 가는 모양이다
꽃잎이 몇 장씩 떨어지는 것쯤은
대수롭지 않다는 듯 트럭은 달린다

운전사와 옆에 앉은 주인 같은 사람은
이러한 형편과는 아랑곳없이
연신 무슨 이야기를 주고받다가
무슨 생각 무슨 마음으로 또 담배를
피워 물기도 하고 창밖을 내다보기도 하고

가지 끝에 매달려 짐칸을 벗어나
대롱대롱 위태롭기까지 한
어떤 꽃송이는 벌써 바람을 맞아
노랗게 변색이 된 것도 있다
저들은 정말 이사를 가고 있는 것일까

몇 날 전 봄날에 집을 옮긴 나도
누군가의 눈에는 저런 모습이었을 것이다
뿌리째 뽑혀 트럭의 짐칸에 실려
무심하게 어디론가 달려가는
목련꽃 몇 그루가 하얗게 질려 있다

옛집

나에게는 이제 옛집이 없다
둥근 나무 기둥에 자르르 손때가 흐르는
대청마루를 건너 뒷짐을 쥔 채
작은방으로 걸어 들던 한삼 고의 자락의 모습
아침이면 밭은기침 소리가
앞마당을 휘휘 걸어 개울까지 나다니던 집
해마다 짚으로 용마루를 틀어 올린 아래채 지붕에는
박꽃이 피어 고추잠자리 떼가
높고 푸른 가을 하늘을 철없이 날아다니던 기억
저녁연기가 모락모락 굴뚝을 빠져나와
텃밭 언덕배기까지 벌써 내려온 산 그림자를
마중 나가던 옛집이
나에게는 이제 없다

집

　몇 시간의 잠을 위해 몇 시간의 밤길을 달려와 밤마다 집에
든다 불이란 불 모두 꺼져 있고 마당 넓은 겨울 집이여 아득
히 먼 삶의 안식이여 살아 있음의 차가움이여 둘러보면 상처
들 어둠 속 켜켜이 쌓여 더욱 적막하다 생존의 정글에서 돌아
와 위안의 아편을 맞아야만 또 다른 아침을 보장받는 피의 짧
은 휴식을 위하여 나방처럼 불빛을 찾아 뛰어드는 하루치의
평화여 잠들기 전에 늘 꿈꾸는 봄날을 향한 유일한 희망이여
우리나라 통일이여

처서기 處暑記

어둠 속에서 쓰르라미가 우는 것은
남은 목숨이나마 열심히 살아보겠다는 다짐 때문일 것이다

풀잎들 일제히 목고개를 꺾는
저녁 무렵,
산도 들도 군데군데 상처투성이다

힘줄처럼 손마디처럼 툭툭 불거진
능선을 따라 산사태가 나고 제방 둑이 무너지고
이미 제정신을 잃은 물길은 계곡을 넘쳐
국도 20호선 아스팔트 포장도로까지 점령했었다

집을 잃고 살림살이와 함께
논밭을 홍수에 떠나보낸 채 몸만 남은 농사꾼들

쓰르라미가 밤 이슥도록 울고 있는 것은 다시 한 번
착하게 살아보겠다는 자신과의 약속 때문일 것이다

하관下棺

이제 인연의 밧줄을 놓아야 한다
땅 위에 서서 허리 굽혀
땅속으로 길게 그리움을 늘어뜨리고
다시 한 번 작별 인사를 나누며

땅 위에서 살아야 할 삶과
땅속에 묻혀야만 하는 삶의 경계는
여기 이만큼에서
제각기 갈 길을 가야 한다

가슴마다 닥쳐올
바람의 통로를 예비하며
걸어온 그림자처럼 늘어뜨린 사연들을 붙들고
다시 한 번 호칭으로 이별의 곡哭을 하고

마지막 잡고 있던
이승과 저승 사이의 인연을 놓는다
마음속으로 레테 강이 흐르며
한 줌씩 한 삽씩 흙을 퍼 던진다

하늘

초등학교 다닐 때 축담 끝에 앉아 감자를 깎다가
일어서면 이마 앞에 얹히는 하늘은 온통 노란색이었다

바다를 맨 처음 보던 날
어디서부터가 하늘인지 구별을 할 수 없었다

일 년에 네댓 번씩 천왕봉을 오르던 젊은 날에는
하늘도 언젠가는 배낭을 짊어진 채 걸어 오를 수 있으리라
생각했다

노을이 마음까지 물들이는 저녁때
기러기 몇 마리 날아가는 곳은 머언 하늘 쪽이다

생각해보면 까치발을 하고 서서
울 밖으로 나간 풍개를 따던 푸른 하늘이 나에게도 있었다

겨울에 서서

어머니 아직도
선산에 동그랗게
누워 계셨다

저잣거리를
성긴 눈발로 서성이던 바람은
상고대로 꽃 피어나기도 하고

진눈깨비로 펄럭이던
갈 길은 이내
빗물로 바뀌어 질척이기도 하고

아직도 다리 못 뻗은 채
몸 웅크리고 누워 잠드는
곶감을 깎은 마을 사람들

진주남강유등축제

머리 위에 화롯불을 올려놓고
소신공양을 올리는 등신불처럼
역사 속에 의롭게 살다 간 선인들의 이야기
한두 줄쯤은 우리들 가슴속에
보물단지로 품고서는 저마다
우러르며 섬기며 한세상 살아가는데

해마다 시월상달이 오면 그동안
마음속에서만 숨어서 타오르던 붉고도
뜨거운 임진·계사년의 그 불덩어리들이
진주 남강 푸른 물 위로 모두 걸어 나와
낮이나 밤이나 세상 사람들을 불러놓고는
한 열흘간 하늘을 향해 치성을 드리고 있느니

희망

아무도 실체를 확인한 사람은 없다
푸른 하늘처럼
밤하늘의 별처럼
믿음 속을 벌 떼처럼 앵앵거리고 다닐 뿐
꽃 피는 시절에는 꽃잎으로 흩날리기도 하고
비 오는 장마철에는 물소리로도 존재를 드러낸다지만
도무지 정체를 확인한 사람은 없다
손으로 만질 수도 없고
발로 딛고 올라선 적도 없지만
땅 위의 목숨이라면
누구도 우리가 찾고 있는 등대라는 것을 부인하지 않는다
큰 목소리로 사람을 유혹하는 법도
죽어서 시체로 나뒹구는 모습을 보여준 적도 없지만
언제나 세상에 신기루처럼 떠 있기에
사람들은 오늘 하루를 반짝이는 것이다

백련 白蓮

시 한 편 들고
그대 찾아가네 꽃 중의 꽃
연꽃 중에서도 가장 빼어난 연꽃은
백련이러니 시간의 바깥세상도
눈 열고 바라보면 한낱 진흙밭이어서
사람이란 밤 오면
낱낱이 잠 속에 발목 담그는 한갓 목숨일 뿐
아직도 어둠 덜 깬 아침
마음 하나 펼쳐 들고
그대 찾아가네

4부

2012년

꽃 난리

출퇴근길 길목마다 꽃 난리가 났다
꽃구경꾼들 땜에 찻길이 막히기도 하고
길을 가다가 사람들은 군데군데 모여
꽃 난리를 즐기고 있다

뜰 앞 목련꽃이 환한가 하면 산에 산에 진달래
지심도 동백꽃은 벌써 지고 있다 하고 복숭아나무 복사꽃
개나리꽃은 담장이나 울타리에 서서 노오랗게 웃고 있다
산천재 앞마당의 산수유는 이제 한낮이 조금은 겨운 듯
기지개를 한차례 켜고 있다 단속사 정당매 칠백 년 묵은
남사 예담촌 원정매는 오는 사람들 맞아 목례를 한다

난리 난리 꽃 난리 으뜸은 가로수로 늘어선 벚꽃
푸른 하늘 향해 불꽃을 터뜨리는 듯
겨울 산에 우뚝 화산이 폭발하는 듯
후두둑후두둑 꽃비가 내리는 듯
세상을 꽃으로 단장하는 난리 중의 난리
봄날은 온통 꽃 난리가 났다

감나무에 대하여

하얀 눈밭에 발목을 묻고 까마귀 떼들과 함께
어둠이 잦아드는 마을을 지켜보고 서 있는 감나무
마을의 장정 몇몇
전정가위를 들고 산밭으로 올라가
허공으로 빗나간 나뭇가지들을 잘라낸다
머잖아 봄날은 오리니
파릇파릇 감잎이 돋아나는 날 문수암 스님은
새잎을 따 감잎차를 만들고
얼어붙었던 발밑이 어느새 잡풀로 무성할 때
햇빛 창창한 오후 골라 독성 없는 농약을 친다
해충들이 쫓겨난 감알은 탐스럽게
감나무 새로 난 가지마다 알차게 영글어
한 잎 두 잎 낙엽이 지기 시작하는 가을날
첫서리가 오기 전 새악시 볼처럼 바알갛게 물든 감알들
주렁주렁 가지가 휘어지게 매달려
바구니 가득가득 곶감 만드는 마을로 내려오리라
겨우내 하얀 눈이 발목을 묻을 만큼 와
마을 사람들 맛 달고 쫄깃쫄깃한 곶감을 만질 때

아침 연기 헤치며 날아드는 까치 떼들과 더불어
봄날이 올 때까지 사람들이 사는 마을을
말없이 물끄러미 지켜보고 서 있는 감나무

낮에

하늘로부터 나에게 주어진 일이라곤
때 알아 밥 챙겨 먹고 숨 고르게 내쉬며 무작정
땅 위를 걸어 다니게 하는 것뿐
부모 형제들은 이 세상 저 세상 전국으로, 아니 전 세계로
흩어져
자기 몫의 먹고살기에 정신없이 바쁘고
떠나온 고향 마을 사람들조차 저마다 어디 어디로 떠나가
물처럼 흘러가서는 사장이 되고 선생님이 되고
가끔씩 바람 타고 안부로 찾아들기도 하고
점심때가 다 되어서야 시작되는 나의 하루 일과
세수를 하고 옷을 갈아입고 제일 먼저 가는 곳은 컴퓨터 앞
온갖 상품들이 열려 있는 컴퓨터 속에서
두세 시간 아이쇼핑을 즐기다가 승용차를 몰고
여기저기 세워진 문학비나 시비들을 찾아 나선다
한 시대 한 세상을 저마다 곤궁하게 살다 간
어쩌면 순수한 영혼들이 하나의 빗돌로 서서
세월을 홀로 견디고 있는 모습들은 왠지 스산하다 스산하게
때로는 겨울비가 내려 온몸이 흠뻑 젖기도 하고

아직도 살아 있음을 확인하듯 휴대전화가 울리면

친구나 벗들의 안부 전화가 와 운 좋게 몇 개의 추억 안주 삼아

몇 잔의 술 마시고 나면 세상은 아직도 나의 것 나의 편인 채

늘 어디론가 서둘러 떠나지만

날 저물어 집으로 돌아온 나는

붉게 취한 채 저무는 서쪽 하늘 바라본다

겁외사 劫外寺

아차 하는 순간

팔만 사천 리로 달아나는 마음

無 限 天 空

금줄 하나 질러놓고

오늘은 『禪門正路』

死中得活 章을 읽고 있다

물에

　어른어른 비치이는 그림자 위로 말을 달리는 구름은 남녘으로 누가 달려와서 나를 부르듯 회오리바람 휘몰아쳐 물결 일렁이는데 하늘 구름 하늘하늘 흔들리는데 내 얼굴 심하게 구겨져 구름은 남녘으로 남녘으로 물결은 북녘으로 북녘으로 봄날 한낮 냇가에 앉아 온몸을 물에 담그네

밤에

별이 총총하던 밤에
물소리마저 귀 기울여
고요함을 더해주던 밤에
뜰 앞의 잣나무가 가끔씩 흔들리던 밤에
그대를 생각하던 밤에
그대를 생각하던 생각을 넘어 생각을 넘어
불을 밝히고 책을 펴던 밤에
흰 눈이 사각사각 사과를 깎으며
첫사랑의 이야기를 전해주던 밤에
읽던 글 마음에 쏙 들어
기억 속에 가슴속에 뼛속에
글 한 줄 새겨 넣던 밤에
친구 양섭이가 자동차극장으로 가
심야영화를 보고 있을 밤에
돈도 밥도 사랑도 안 되는
시 한 편을 쓰고 있는 밤에,

단도직입 單刀直入

나는 죽는다 날마다 밥을 먹고
일을 하면서

서서히 집에서
일터에서 나는 죽는다

땀을 흘리며
노래를 부르며 글을 읽으며

산다는 것은 태어나는 순간부터
한 발짝씩 죽음으로 다가가는 것

아침마다 습관적으로 거울을 본다
주검으로 변해가는 얼굴 하얗게 변해가는 머리카락 쓸어 넘
기며

내가 웃고 있다
조금씩 내가 죽어가고 있다

덕천강 11

물은 흐른다 잠들지 않고 흐른다
몇 년 만에 가뭄이 들어
발갛게 타들어 가는 논밭을 보며 농사꾼이
하늘을 원망하듯 술을 퍼마시는 오후에도
물은 땅속을 흐른다 비지땀을 흘리며
지난여름 태풍으로 뜯겨 나간 계곡이나
등산길을 보수하는 늦봄에도 물은 흐른다
잠자코 푸르게만 흐르던 물길이 어느새
비가 와 흙탕물이 되고 본래의 물길
중장비로 흩어놓아도 물은 고이지 않고
흐른다 우리가 불편한 꿈에
시달리며 선잠을 깰 때도 물은
제 갈 길 찾아 쉬지 않고 흐른다
윗물은 아랫물을 데리고 아랫물은
윗물을 반기며 한순간 우리가 생각을 놓고
상선약수라는 말을 기억해내지 못해도
물은 그침 없이 흐른다 어쩌다가
꽃 피는 산등성이나 단풍이 물드는 산비알에

눈길을 빼앗겨 흐르는 물을
겨울이 다 가도록 영영 보지 못할 때에도 물은
캄캄한 땅속을 헤치며
바다를 찾아 끊임없이 흐른다

성철性徹 스님의 말씀

그대들이 시방도 나를 찾듯이
그대들도 그대들 스스로를 언제나
똑바로 찾아볼 수 있었으면 좋겠네
바다에 물이 있듯 하늘에는 해와 달이 있는 것이고
산이 수천 년을 산이듯 강물 또한 물인 것은 마찬가지네
삼라만상이 한순간 참으로 보인다면
어느 날 문득 삼라만상은
송두리째 거짓이 되어 세상에 나뒹굴 수도 있을 일일지니
정녕 그대들이 나의 진면목을 보고 싶거든
지금 당장 문고리를 잡아보고 부처님 앞에 나아가
절이나 한 삼천 배 해보시게!

엄동설한에 봄바람이 불고
목 잘린 동백꽃이 춤을 추는 이치를
그대들은 이제 알겠는가?

할喝!

소

후치나 쟁기로 잠 덜 깬 논밭을
갈아엎던 시절이 못내 그리운 듯
우리에 갇혀 움메움메 울음 우는
우리나라 황소들이여
송아지 송아지 얼룩송아지
부르던 동요조차 점점 사라지는 칡소들이여
푸줏간에 내걸리는 고깃덩이의 질량으로
모든 가치가 결정되는 같잖은 세상이여
봄날이 오면 잠 깊은 논밭을
갈아엎던 시절이 못내 그리운 듯
길거리에 나서서 혹은 광장으로 나아가
촛불을 밝혀 들고 움메움메 울음 우는
우리나라 부룩데이들이여

영귀산靈龜山 운주사雲住寺

천 개의 부처 천 개의 탑을
누가 하룻밤 만에 뚝딱 만들었든, 아니면
몇천 년에 걸쳐 무슨 까닭으로 만들었든, 그대여
구름 한 조각 머물다가 사라지는 하늘 자리
인간사 세세연년 하고많은 사연들을
배 한 척에 모두 담아 싣고는, 그대여
오늘은 정녕 어디로 가시나이까?

운주사 마애불磨崖佛

그대 얼굴 돌벽에 그려놓고
새기다가 새기다가
낮이 가고 밤이 가고
누군가의 한 생애를 빼닮았다는
옛 대웅전 자리에 심어놓은 배롱나무 잎들도 지고
하얗게 바래지는 머리카락 같은 억새꽃 언덕에 올라
눈과 비
부는 찬 바람도 그냥 맞고 있네

눈이 온다

눈이 온다 새벽부터 눈이 내린다
하얀 목련 꽃잎 같은 눈송이들이 흩날려,
누가 목화꽃 송이들을 짓뜯어서
허공에 하얗게 눈송이로 날리고 있는가

흩날리는 눈발 속에 서서 포장마차는 오도 가도 못하고
추억하듯 붕어빵을 굽고 기억하듯 팥빙수를 담아내던 날들
처럼
라면을 끓여낸 후 어묵을 슬슬 익히는 동안 손바닥에
기름칠을 해가며 호떡을 빚어 구워내던 주인 할머니를,
머리카락이 하얀 주인 할머니를 추위에 덜덜 떨며 생각하
고 있다

푸른 포장마차 어깨 위에도 가로등 등갓 위에도
눈발은 하염없이 쌓이고 인적과 함께 삶이 한꺼번에 끊긴
저잣거리
꼭 돈을 벌겠다는 생각보다는 이 사회에서 내가 할 수 있는
일이라고는

이제 이런 일밖에는 없어서라던 포장마차 주인 할머니의 말씀도

천지 사방 눈을 억수로 퍼붓는 오늘은

모두를 흰색으로 덮어버리는 세상 속으로 하얗게 사라지고 있다

운주사 와불臥佛

미륵 세상이 오면 벌떡 일어서신다는
영귀산 운주사 와불은
낮잠에라도 깊이 빠지셨는지 아직도
일어나실 기미조차 보이질 않고
그 옆자리 어디쯤에 슬그머니 나도 팔베개로 드러누워
이 땅의 하늘 한켠 잠시 머무는
구름 한 조각을 무심코 바라본다

5부

2013년

기도祈禱

딱히 살아야 할 일도
그렇다고 죽어야 할 일도
생각해보아 나에게는 없을 때
이제는 정말 이 세상에서는
모든 것이 글렀구나 하는 생각이 들 때
천지 사방을 둘러보아
붙잡을 것도 등 기대일 곳도 없다고 생각될 때
조금은 늦은 아침잠에서 깨어
살아 있는 이 일을 또 어째야 하나
가슴 한편 뚫린 허방다리를 보면서
오늘 하루도 만나야 할 사람은 만나야 하고
오늘 하루도 때맞춰 먹어야 할 밥은 또 먹어야 할 때
해가 맑은 하늘을 가듯
달빛이 희붐한 어둠을 헤치듯
마음이 그 무엇을
그 누군가를 간절히
간절하게 사무치게 찾아 세상을 헤맬 때,

봄날 벚꽃나무 아래

화창한 봄날 벚꽃나무 아래
지는 꽃잎 몇 장 몸이 받아내고 있다
환영하듯 축복하듯
축 처진 어깨 위로
희끗한 머리카락 위로
엊그제 화르르 피어난 꽃잎들
벌써 꽃보라로 날리고 있다
나이가 나이니만큼
꽃구경 가자는 전화도 연애편지도 날아들지 않는
노인요양병원 바람이 이는 봄날 산책로
벚꽃나무 아래 벌·나비도 날아올 일 없는
나무 의자에 앉아 일상이 마냥 버거운 몸으로
이제 막 지기 시작하는 꽃잎을 받아내고 있다
파란만장했던 날들처럼 어깨 위로
아름다운 기억만을 추억하듯 머리 위로
꽃잎들 꽃보라로 날아와 쌓이고 있다
향기 없는 바람을 타고
강 건너 기찻길에서는 철 지나가는 소리

서귀포에 와서는

외돌개 근처 너럭바위 위에 누워
이름 크게 불러보는 아우야
어머니 일찍 잃어 아프게 힘들게
한평생 우리 살아오면서
세상이 알게도 모르게도 가슴속에
멍울로 옹이로 박혔던 사연들
비로소 서귀포 앞바다에 와서는
하얗게 포말泡沫로 부서지는구나
푸르기만 한 바다 푸르기만 한 하늘
유채꽃 노오랗게 무더기로 피어나는 조금은
철 이른 봄날 언덕 올레길을 따라
참으로 순하기만 한 바람결과 함께,

학봉鶴峯 김성일金誠一 선생先生 고택古宅에서

성주신을 모신 것이라는 대청마루 들보 사이에 걸어둔 한지韓紙 묶음들이 나는 좋다. 정원庭園을 꾸미며 늘어선 꽃과 나무들, 돌과 잔디 보다는,

운장각雲章閣에 켜켜이 들어찬 표지가 누르끼리한 고서古書들, 검은 책집 속의 한적漢籍들보다는, 친정인 퇴계 선생의 고택으로 잠시 다니러 가시면서

진주에서 찾아온 귀한 손님들이 온다는 소식에 종부宗婦가 손수 마련해놓았다는 마흔 몇 인분의 다과상茶菓床이 나는 좋다. 안동 지방 특유의 식혜며 손수 빚어낸 다과들 속에 담긴 가득한 정성이 나의 속물근성을 잠시나마 씻어내는 것

때문만이 아니라 과거를 기록한 역사적 사실 위에 현대를 억지로 덮어씌우려는

죽어 있는 전통보다는 과거를 살아 있는 현재로 바꾸어 생활에서 행동으로

실천하고 있는 잔잔한 우리들 마음의 모습들을 눈앞에 보는 것 같아

나는 좋다. 학봉가鶴峯家의 15대 종손宗孫 의성인 김종길金鍾吉 씨가 들려주는 호남의 의병대장 고경명高敬命 선생의 가문

家門과 맺고 쌓은 은덕恩德은 과연 저럴 수가 있을까? 하는 의문을 자아낼 만큼 눈물겹도록 아름답다. 나는 이런 이야기들을 들을 때면 그동안 몰랐던 지역의 전설을 비로소 찾아내는 것 같아 너무 좋다. 관찰사가 되어 정기룡, 정인홍, 김준민을 찾아내고, 바다에 이순신 육지에 김성일로 이름을 실록實錄에 올린 선생이 임진왜란을 몸소 겪으며 세상을 바라봤던 안목眼目이 나는 좋다. 진주대첩을 총지휘하다가 끝내 순직한 이야기보다는 몇백 년을 이어 고택을 지켜온 후손들도 대단하지만, 퇴계학退溪學을 지금껏 면면綿綿히 지켜온 연원淵源들이 나는 더 좋다. 지켜온 적통嫡統 때문이라서가 아니라 아직도 연원들과 만나며 헤어지며 진실로 마음으로부터의 적통을 이루며 이 땅에 한낱 사람의 일로 살아가는 생생한 모습들이

내가 살아가는 대한민국의 현실이라서 나는 좋은 것이다.

촉석루矗石樓 연가戀歌

촉석루에서 사랑을 가졌네
송홧가루 흩날리는 늦은 봄날
의연히 흐르는 남강
의암, 그 위 너럭바위에 앉아
조금씩 어두워지는 하늘
한기寒氣를 느끼며
강 건너 대숲 지우는 저녁이 올 때까지
한 사람을 기다리고 있었네
불빛이 거리에 들어설 때까지
사람을 그리워하는 사랑을 가졌네
촉석루에서 바라보는 인가人家의 불빛
하늘로 올라가 별이 되는 모습
잊혀가는 이름들을 노을로 추억하며
술 마시지 않아도 마음 붉게 취하는
사랑을 조금씩 배우고 있었네

개똥쑥을 위하여

나 어릴 때
산이자 들이었던 형이
갑자기 무너졌다

막내 여동생은 개똥쑥을 찾아야 한다며
울먹이고 이웃들도 아우들도
저렇게 무너지는 것이 형의 삶이란 말인가
탄식을 한다

서울을 오가며 병원을 드나드는 사이
푸르고 창창하던 산과 들은 어느새
빛을 잃고 낙엽 떨구는 단풍으로
거친 호흡으로 길가에 드러눕기도 하고

형은 자리보전만으로 존재를 알리며
봄날을 기다리고 있다
겨울을 견디면 사라진 머리카락과 함께
다시 피어날 개똥쑥을 꿈꾸며,

초라한 인생

어쩌다가 한 편의 시가 될지도 모른다는 생각에
몇 줄의 글을 적어놓고 뒤척이는 밤을 새운 뒤
아침에 눈떠서 다시 읽어보면
내가 고작 이런 글밖에는 못 쓰는 사람인가?
나는 이런 생각밖에는 못 하는 건가?

사람이 한평생을 살다 보면
즐거운 날들보다는 아프고 서러운 날들이 더 많을 수도 있다는
나에게서는 이제
검은 머리카락보다는 흰 머리카락이 더 많은 시절로
증명되는 한심한 날들이 더 많아져서
차츰 이런 생각들이나 하는 거라고

누구나 자기가 타고난 복만큼 그릇만큼
이 세상을 살다가 가는 거라고
그러다가 어느 날 서산에 걸리는 해처럼 인생은 저무는 거라고

저물어서 끝내는 목숨은 뭐 이런 거라고

삶은 이런 거야 뭐

나도 이쯤에서 이야기를 접어야 하는 거라는 듯

언젠가는 이 바닥에서 줄행랑이라도 놓아야 하는 거라고,

그는 오늘도 혼자서 밥을 먹는다

장맛비 추적추적 오는 날
그는 오늘도 혼자서 밥을 먹는다
반쯤 열어놓은 창가로 비를 피하려는 듯
새 몇 마리 날아왔다 이내 날아가 버리고
마루 하나 방 둘짜리 집에는
처음 전세 들던 그때같이 주방이 하나 따로 있고
주방에는 언제나처럼 식탁 하나 놓여 있는데
그 식탁 위에 밥 한 그릇 반찬 두 가지
찌개 냄비 하나를 펼쳐놓고
그는 오늘도 혼자서 늦은 점심을 먹는다
이웃집 사람들 이제 막 식사가 끝났는지
골목길 갑자기 왁자해지고 길고양이
도둑고양이 들고양이도 나타나지 않는
무더위와 함께 장맛비 질척대는 날
그는 아직도 혼자서 점심밥을 먹는다
왜냐? 고 물을 사람은 없고
왜냐? 고 스스로 묻지도 않고
왜냐? 고 물을 까닭도 이젠 없이
오늘도 그는 혼자서 밥을 먹는다

해인사

울창한 숲 속을 걸어가는 젊은 날이었다

바람이 불면 바람에 몸을 맡기고
비 오는 날에는 빗소리에 젖어

한 등성이를 올라서면 거기 바다 하나
한 골짜기를 들어서면 거기 암자 하나

보름달이 길이란 길은 죄다 불러 모우고 있었다

밀양에 한번 가보고 싶네

밀양에 한번 가보고 싶네
사람과 사람이 부딪쳐
말과 말이 불꽃을 튀기는
송전탑 건설 현장에 한번 가보고 싶네
쇠사슬로 몸을 묶고 주먹밥을 먹으며
흙구덩이를 지키려는 할머니들의 마음
속뜻 일일이 다 헤아릴 수 없어
밀양에 한번 가보고 싶네
이미 목숨을 잃은 사람은 죽은 사람이 되었고
지난여름 내가 땀 흘리며 살아낸 일이란
산 아니면 골짜기로 찾아들어
여가를 즐기러 오는 사람들을 위해
등산로를 내거나 산책로를 놓는 일
논밭을 일구며 소·돼지를 기르던 마을에
고압 송전 철탑을 세워야 한다며
공권력이 동원되는 일은 정당한 일인지?
지역의 발전을 위해서라는 두 편으로 갈라진 구호가
어느 것이 사실인지? 아니면 사실에 가까운지?

나라의 이익은 지역민의 이익을 대변할 수 있는 것인지?
신문이나 방송으로 전해지는 언어의 파편들을 뚫고
가면 같은 현상 뒤에 숨겨진 진실을 만나기 위해
밀양에 꼭 한번 가보고 싶네

모란꽃 인연

모란꽃을 만나러 가는 아침에
전생에는 그대가 나를 찾아다니는
연인이었을 거라는 우리들의 인연 이야기는
생각하면 조금은 쓸쓸한 일입니다

부처님이 밤새 다녀가신 듯 늦은 봄비가 다녀간 날
전생에 그대가 보릿고개를 넘어 나를 만나러 오시듯
이승의 나는 아직도 잠 덜 깬 바람처럼
어머니 산소에 심어 피는 모란꽃을 만나러 갑니다

이쪽에서는 이제 막 꽃잎이 피어나고 있는데
저쪽에서는 먼저 핀 꽃잎이 벌써 시들고 있군요
뭐라고 말로는 표현할 수 없는 삶의 슬픔 같은 것들이
꽃잎 가득 이슬로 맺혀오는군요

전생에는 그대가 나를 찾아다니는 연인이었다는
이야기는 비 그치듯 맑은 하늘로 어느새 잊혀지고
내가 그대를 찾아다니듯 모란꽃을 만나러 가는 인연은
아무리 생각해도 조금은 쓸쓸한 일입니다.

진주 내동공원 묘원

하늘도 땅도 잠들은 산언덕에
조화造花들만 피어 고요를 흔들고 있다.
오십 년 넘게 이승을 함께한
형을 땅속에 묻어놓고
산언덕을 내려오는 길
시멘트 포장길이 자꾸만 투덜댄다.
호주머니 휴대전화에 스팸 문자들이 날아들듯
이 묘원으로
목숨들은 온갖 사연들을 싣고
끝없이 드나든다.
오십 년 넘게 피와 눈물을 함께 나눈 형을
저승으로 보내드리고 시멘트 포장길이
지청구를 해대는 산언덕을 내려오는 길
묘원을 끝까지 지키고 있는 것은
어제나 오늘이나
고요 속에 피어 흔들리는 조화造花들 뿐,

탑塔

돌을 깎듯 정신精神은
허공을 오른다
한 걸음 두 걸음
시시포스가 산을 오르듯
등짐을 지고

마음에 자리한
돌 벽돌 나무들은
불안하다
언젠가는 무너질 것을 예비한 채
절 마당을 버티고 선 공든 탑
지극정성의 정점頂點
운주사 천탑千塔이여
세우기도 전에 이미 운명을 끝낸
밀양 송전선 철탑이여
어느 교회의 첨탑에서도 일순간 하늘은 무너져
산천山川을 떠도는
파편破片들은 어디에도 있다

돌을 쌓듯 정신은

허공을 밟고

시시포스처럼 한 걸음씩

산을 오른다 잔뜩

등짐을 지고

미리 쓰는 묘비명

어렵게 왔다가
어렵게 갑니다

6부

2014년

라면을 끓이며

가스 불 위에 냄비를 올려놓고
물이 끓는 동안 생각한다
일찍 세상 떠나신 어머니는 이럴 때
무슨 생각으로 한평생을 사셨을까
(라면을 끓이기보다는 밥을 지으실 때가 많았으니)
나뭇가지 꺾어 불을 때며
연기 땜에라도 눈물 꽤나 흘렸으리
머릿속에 떠오르는 일평생은
물처럼 펄펄 끓어 수증기같이 넘치고
혼자이신 아버지는 지금쯤 무슨 생각을 하고 계실까
어머니 생각 자식들 생각 할아버지 할머니 생각하며
라면을 끓이고 계실까, 아니면
무미건조했던 오늘 하루 막걸리 한 사발로 달래며
다 끓은 라면을 김치와 함께 잡숫고 계실까
겨울이라 내일도 일 없어 푸를 하늘
막막히 바라보며 눈이라도 펑펑 쏟아져라
라면에 계란을 풀고 계실까

단맛

강가에 나가면 자갈돌이 지글지글 끓는 여름
흐물흐물 정신까지 녹아내리는 열대야의 여름
지난겨울 이를 잃은 나는
미숫가루를 물에 타 마시며
하루를 견딘다, 여름을 버티는 것이다

과일을, 일테면 수박이나 토마토를 먹는 데도 불편해
작은 믹서기를 하나 구해 잔인한 일이기는 하지만
무엇이든 갈아서 마신다, 갈아서 마시는 일이
무엇이든 삶아서 먹고, 칼로 잘라서 먹는 일보다
더 수월한 방법이라는 것을 알게 된 것이다

밥이 아닌, 고기가 아닌 먹을 것을 믹서기로 갈아서
꿀을 넣어 마신다, 단맛이 꿀맛 같아야 마시기에 좋다
꿀도 알고 보면 벌의 먹이를 사람이 도둑질
강도질해 온 전리품이므로 수월한 일로 치면
갈아 마시는 일보다 더하기에 더 잔인하다

용케 그늘을 찾아 앉아 손부채질을 해도 땀이 삐질삐질
솟아나는, 선풍기를 밤새 돌려도 더위가 물러가지 않는
불볕의 여름 열대야의 여름
단맛에 점차 길들여져 가는 나는 혀끝으로 버틴다
더위를, 견딘다 여름을
잔인하게 잔인하게 혀끝으로 단맛을 즐기며,

오월의 어느 일요일 저녁

구름 속의 해가 산마루를 넘자 서쪽으로부터 비를 몰고
바람이 불어온다 간간이 뇌성 소리가 멀리서부터 들려오고
TV를 켜자 오락 프로 방송이 시끄럽다
시간이 더 흐르면 세상은 이내 어둠으로 덮일 것이고
TV에서는 세월호 침몰 사건 뉴스 속보가 이어질 것이다
여섯 시에서 일곱 시로 가는 시간, 지상의 하루가
갈 것은 다 가고 남을 것만 남아 서서히 어둠을
순순히 받아들이는 저녁, 그래도 하루가 아쉬워 남아야 할
것들이 있다면
불빛이 집 앞까지 손님처럼 찾아와 밤새 그들을 밝혀줄 것
이다
후두둑 빗방울이 지붕을 두들기면서 멀리 서쪽으로부터
뇌성 소리가 바람을 따라 들려오는 오월의 어느 일요일 저녁

비닐하우스

한잠을 자는 누에처럼
어른어른 얼비치는 살 속의 불빛
여기서는 밤도 투명하다
일곱의 일곱 밤을 자고
누에가 실을 뽑듯 줄지어서
깻잎이 다발로 묶여 실려 나오고
붉은 딸기가 수레 가득 실려 나오고
어느 별에서 어느 별을 향해
우주 공간을 헤엄쳐서 건너가는
한잠을 자는 누에처럼
논바닥에 바짝 엎드려 살아가는,

마라도에서

여기 마라도까지 왔네
대한민국의 최남단
땅 전체가 천연기념물 423호인 섬
송악산 나루터에서 유람선 타고
파고는 운항하기에 최적이라는 1~2미터
한반도를 떠나 제주도로 온 지 하루
제주도를 떠나 여기 마라도에 왔네
하늘은 맑고 바람은 시간이 갈수록 더 세게 불지만
어느 것 하나 버리지도 못하고
어느 것 하나 내 것으로 잡아들이지도 못한 채
머리카락 흩날리며
비틀거리며 나는 섬 위를 걷네
한 바퀴 섬을 돌아 등대 언덕에 서면
정신도 육체도 내륙에서의 기쁨도 슬픔도
손바닥만 하게 한눈에 드는 섬
짜장면 집이 섬의 대부분인 듯
하지만 학교도 있고 파출소도 있고
경로당도 있고 소나무도 서 있는 섬

나 여기까지 와서도

육지에서 못다 푼 생각의 짐

끝끝내 쉽게 떨쳐버리지 못하네

한복韓服

십 년이 지나도 아무런 소식이 없으면 옷장 속의 한복을 치워달라며 그대는 어디론지 떠났습니다. 먼 별에서 온 사람처럼 그대를 처음 만나던 날 곱게 차려입은 초록 저고리 다홍치마 한복은 아직도 장롱 속에 고스란히 남아 있습니다.

그대를 처음 만난 날은 더운 여름이었습니다. 사람들은 모두 다 반소매 반바지를 입고 뿔뿔이 흩어져 바다로 가거나 산속으로 더위를 피해 달아났습니다. 어느 여름날 저녁 한복을 곱게 차려입은 그대를 처음 만나고부터 나는 꿈속에서도 마지막 버스가 들이닿는 시골의 버스 정류장으로 달려가곤 합니다.

그대가 나를 찾아오게 된 것은 따지고 보면 휴대전화가 생기면서부터였습니다. 언젠가 그대는 나에게 우리들의 사랑을 편지로만 주고받을 게 아니라 만나서 세월이 더 가기 전에 혼인을 하는 게 더 좋겠다는 이야기를 휴대전화로 해 왔기 때문입니다.

나는 그날이 차마 오지 않기를 내심 바랐습니다. 그대가 나를 만날 때마다 입던 한복의 그 거추장스런 옷매무새가 세상에 드러날까 두렵기도 했지만 차라리 연애편지로 주고받던 우리들의 사랑이 훨씬 더 나에게는 아름다울 수도 있겠다는 생각을 잠시 했기 때문입니다.

우울하다, 우울할 뿐

아침인데도 펄펄 날리는 눈발은 그치지 않고
소치 동계올림픽 출전 선수단
밤새 실적이 저조하다
휴대전화 충전을 하고 있는 시간
지난 저녁 열린 정기 이사회에
이사들은 참석보다는 위임을 택하기도 했다
차 안을 치워놓고
공항으로 달려갈 출발 시간을 기다려야 한다
여전히 흩날리는 눈발은 그치지 않고
생각은 오늘
제주행 비행기가 뜰까? 못 뜰까?
우울하다, 우울할 뿐
휴대전화 충전을 하고 있는 시간
지난 저녁 열린 정기 이사회에서
이사들은 사무국장을 질책하는 데 바빴다

화두 話頭

杜門不出
구덩이에서 무를 꺼내다

無로 살아보자
무밥을 먹고
무 반찬을 하자

생각에 닫아걸 문짝
아예 없으니
낮과 밤
오고 갈 일 있으랴

杜門不出
올겨울은 無로 견뎌보자

대학병원에서

잘 모르는 병病은 암癌이라 한다.

크나큰 건물 가득
천둥 치듯 바글대는 환자들
그저 아파서, 아픔을 치유하기 위해서
피난민처럼 몰려드는 사람들

똑같이 신이 내린 주어진 푸른 하늘 아래
영혼이 이끄는 대로 길을 따라가다가
벼락 같은 아픔 하나 짊어지는 바람에
병원을 찾는 목숨들

약을 먹고 주사를 맞고
자연식을 취하기도 하고
시술을 받거나 수술대 위에
몸을 눕히기도 한다.

잘 알 수 없는 병은 암이라 한다.

아버지, 병원에서 진정 아파하실 때

아버지 병원에서 진정 아파하실 때
난 아무것도 할 수 없었네
아버지 오랜 병마에 시달리다 마지막 잎새처럼 흔들릴 때
나는 목석처럼 그저 멀거니 쳐다보고만 있었네
대학병원의 많고 많은 방,
이 방 저 방 짐짝처럼 아버지 실려 다니실 때
나는 수레나 밀어주고 잘 다녀오십시오
마음으로부터의 인사 한마디 할 수 없었네
잘 알아듣지도 못하는 말씀으로 아버지
나에게 생애 처음이자 마지막으로 하소연하실 때,
나는 목석처럼 그저
멀거니 쳐다보고만 있었네.

통일, 그날은 올 것이다

황사 그치듯 하늘이 맑게 밝아오고
산에 들에 꽃이 피고
총도 미사일도 사라지고
울도 담도 없는 논밭에 순박한 농사꾼들만 남아
땀 흘릴 때

그날은 올 것이다
분명 통일은 올 것이다.
핵우산처럼 장마전선이 북상하고
산에 들에 꽃이 피지 않아
총과 미사일이 서로가 서로를 겨누고 있을지라도
밤새 노동을 끝낸 사람들이 맞는 신성한 아침처럼
분명 통일은 오고야 말 것이다

생각과 행동이 갈라질 대로 갈라진 남과 북
물 흐르듯 어느 순간 하나가 되어
땅에는 꽃 피고 하늘에는 새 날아다니는
하나의 나라 하나의 희망 앞에 눈 반짝이는 한반도의 목숨들

제각기 살아 있는 이름으로 빛나며 아침을 맞고
순한 양처럼 저녁 받아들이는
그날은 분명 오고야 말 것이다.

이념도 사상도 아닌
주권재민의 풀뿌리만 살아 있으면 광명개천
홍익인간 재세이화의 깃발 굳이 펄럭이지 않아도 좋을 우
리들
살아가야 할 내일이 더 많은 내 자식 내 손자들에게
사람이 가야 하는 길과 세계 평화는 어떻게 이루어져야 하
는지를 보이며
노래하며 결국은 우리 모두 흙으로 바람으로 돌아가는
그날처럼 이 땅에 꼭 통일이 오기는 올 것이다.

아버지, 비 많이 오는데

아버지, 장맛비 많이 오는데
밤새 저렇게 많은 비 오는데
무덤 속에서 괜찮으실까

아버지가 사시던 집
리모델링해야겠기에
가구며 옷가지들 마당으로 내놓았는데
이 밤 빗속에 괜찮으실까

비를 맞는 옷가지들
가재도구들
물기를 머금는 가구들
햇빛이 되비칠 때까지

괜찮으실까 아버지
무덤 속에서
눅눅하게 눅눅하게
저렇게 많이 오는 비에 젖어도,

산천재 山天齋

智異山에 天王峰 있어
하늘과 땅 사이
내가 있네, 진정
배움도 가르침도 없이
우뚝 梅花 한 그루 심어놓고
우뚝 橡亭 하나 세워놓고
鐵馬가 달리는 세상이 오면
獨也靑靑
獨也靑靑

오늘은 달아達牙공원 전망대에서 일몰을 보네

하루에 한 번씩 오는 세상의 일몰을 오늘은 달아공원 전망대*에서 보네

왼손에는 술잔을 받아 들고 오른손으로는 셀카를 들고 서서 보네

동쪽 하늘에는 어느새 보름달 같은 열이레 하현달이 둥실 떠 있고, 노루 꼬리보다 짧아져 가는 시월의 햇살 아래서 잠시 바라본 그대의 그을린 얼굴을 생각하네

챙 넓은 모자를 쓰고 허리를 조금 드러낸 채 호미로 잔디를 심는 그대를 나는 힐끗 훔쳐보았네

그대는 잔디를 심다가 오후 다섯 시가 되자 모자를 오른손으로 벗어 왼손에 들더니 오른손으로는 머리카락을 두어 번 쓸어 넘기고는 이내 주차장으로 내려가 은색 승용차를 타고 유유히 떠나가는 모습을 오랜만에 나는 먼발치에서나마 바라볼 수 있었네

그대의 떠나는 뒷모습을 생생하게 기억하며 그대와의 인연을 생각하는 사이에 일몰은 왔고, 늘 그랬듯이 그대의 관심

밖에 서 있는 내 마음속에 잠시 머문 그대는 오늘은 하루치의
일과를 끝낸 일꾼으로서 나로부터 마냥 떠나갔을 뿐이네

　　그대를 생각하며 하루에 한 번씩 세상에 오는 일몰을 오늘
은 내가 보고 있을 뿐이네

* 통영시 산양읍에 있으며, 일몰과 달밤 풍경이 아름다운 곳으로 유명함.

대매물도 근황 近況

해발 210미터 장군봉을 오르는 섬의 오른쪽 탐방길을 따라 동백나무들은 꽃잎을 모두 떨군 채 듬성듬성 줄지어 아랫도리가 추레하게 서 있고 염소들은 까맣게 입을 냠냠거리며 낡아터진 철망 속을 쏘다니기도 하고 펜션이 늘어선 양지바른 쪽 산비알 위에서는 누렁소 한 마리가 가끔씩 바다 쪽을 바라보면서 풀을 뜯고 있었습니다. 꼬돌개마을* 사람들은 이따금 여객선을 타고 거제도나 비진도를 거쳐 육지인 통영까지 나갔다 오곤 하는데요, 배가 닿는 부둣가로 가는 가파른 언덕길은 주인을 마중 나다니는 강아지들도 오르면 오를수록 숨이 차다며 헉헉대고 있었습니다.

* 대매물도 대항마을의 옛 이름. 한때 흉년이 들어 먹고살지 못하고 꼬꾸라(꼬돌아)졌다 해서 생긴 마을의 또 다른 이름.

덕유산 백련사 돌계단

무주 구천동 33경을 찾아 걷다가 향적봉 오르는 길에 천년 고찰 백련사에 들렀더니

사시예불 목탁 소리 울려 퍼지는 대웅전 앞마당에서 수련을 돌보는 비구니 스님 한 분을 만났다 스님! 이 산중에도 수련이 핍니까? 하고 인사차 물으니, 처사님은 이 산중에 뭐하러 오셨습니까? 하신다 예! 저는 백련사에 혹시나 백련이 피는가 싶어 왔습니다 했더니, 요 뒤 산길을 조금 올라가서 천년 전에 활짝 핀 백련사 돌계단을 보시면 됩니다 하신다

비진도

돌들이 울었다 깊은 밤에도 섬은 잠들지 않았다
바람이 내항을 다녀가고 바람의 등 뒤를 따라
모래알들이 외항을 다녀가곤 했다 한낮에는
작열하는 태양이 가끔씩 내리쬐며 섬의 평온을
유지하는 듯했지만 하늘이 맑은 날의 어느 한때
잠시일 뿐 여객선이 드나들거나 하다못해 고기를
잡으러 근해를 더듬는 어선들이 외항이나
내항을 잡아 흔들곤 했다 처음 들어온
사람들은 울지 않았다 울지 않으며 숨죽여
섬에서 일어나는 산홋빛 사연들을 눈으로
확인하고 싶어 했다 아침이면 동쪽 하늘을
주황색으로 물들이며 떠오르는 일출과 저녁이면
서쪽 하늘을 거무튀튀하게 쓰러뜨리는 하루의 일몰이
보는 사람들로 하여금 정체를 알 수 없는 슬픔으로
이끌기도 했다 몽돌들은 밤이면 더 거칠게
우는 것 같았다 해안을 물어뜯는 파도의 거친 숨소리에
밤새 창문이 덜컹거리기도 하고 자고 나면 비췻빛 해안의
모래알들이 밤새 저쪽으로 날아가 또 다른 한 개의

작은 능선을 이루기도 했다 이미 섬을 떠난 사람들은
좀체 돌아오지 않았고 오지 않는 사람을 찾으러
나간 사람들도 끝끝내 돌아오지 않았다 늘 바다에
떠 있는 것 같은 밤은 저 혼자 스스로 칠흑으로 깊어갔다
돌들은 하염없이 울었다 밤낮을 가리지 않고 선유봉 정상을
오르내리며 바람은 집을 흔들고 섬 바깥을 아는 게 없어
섬에 남은 사람들이거나 섬을 찾았다가 풍경이 아름다워
들앉은 사람들만 펜션처럼 남아 모래알 휩쓸리듯
이리저리 잠을 설치며 산홋빛 해안을 드나들었다

구례군 산동면 산수유마을

이른 봄
지리산 산자락 온통
노오랗게
노오랗게 산불처럼 타오르더니

골짜구니를 여름 내내
웃다가 울다가
울다가 웃다가
옷깃 여미는 바람결

성큼 가을이 당도하자
붉으락 빠알갛게
붉으락 빠알갛게
구례군 산동면 산수유마을

사랑

맨 처음에는 한 줄기 바람이었으리
그보다는 더 사소한
귀밑머리 흔드는 콧숨이었으리

그러다가는 문득 하늘이 열리고
산과 들
강이면 강의 이름자들 낱낱이 가슴에 와
뼛속 깊이깊이 풀잎 돋아날 때

그대는 한 소절 물소리더라
물소리 중에서도

끝까지 남아 이 땅 지켜주는, 든든한
봄날 푸른 물소리더라

어쩌다가 비척이는 쑥굴헝 밤길에서도
그대는 말없이 피고 지는
별이나 들꽃 같은 것으로 다가와
지워도 지울 수 없는 바다 하나
저기 있다 저기 있다 가르키더라
―1984년 제34회 개천예술제 개천문학 신인상(제2회) 준당선
수상작

　이 졸시 한 편은 저를 한평생 시인으로 살게 만든 글입니다.
젊은 날이면 누구나 한 번쯤은 겪는다는 문학의 열병을 한창 앓
고 있던 제가 어느 날 문득 이러한 시 한 편을 적게 되면서부터
주위에 시를 쓰는 사람으로 알려지게 된 것이지요. 물론 그 이전
부터 지역의 문학판을 드나들며 술추렴도 했고, 적잖게 글을 써
서 여기저기 내던지기도 했습지요. 하지만 시인이 되는 길과는
인연을 만들 만큼 문학에 대해 절실하지가 않았던 것이지요. 또
정작 문학을 해서는 일평생을 빌어먹지도 못한다는 사실을 혼자
나름대로 문학 공부를 하면서 익히 알고 있던 저로서는 평생을
던져 문학을 해봐야겠다는 생각은 단 한 번도 한 적이 아직까지
는 없었던 때였지요.

160

벌써 서른 해 전이기도 하지만, 이 글이 내 손끝에서 나와 우
연하게도 어느 심사위원(故 박노석 시인)의 눈에 들어 읽혀지던
그 순간을 저는 오래전에 그때 그 자리의 사람들 중 한 분으로부
터 들어 알게 되었지요. 그 이야기를 듣고 저는 역시 문학은 나
의 길이 아니구나! 생각하고는 멀리 삶의 길을 찾아 떠났었지요.
그러구러 20여 년이 다 지난 2002년에야 돌아온 탕자처럼 다시
한국 문단에 얼굴을 내밀었지요.

2006년에는 학교 후배라는 사실 하나를 고리로 출판사 사장이
순전히 돈 한 푼 받지 않고 나의 첫 시집『어떤 인연』을 찍어내
주고는 출판기념회까지 열어주었지요. 이어서 진흙탕보다도 못
한 지역 정치의 소용돌이 속에서 공채 시험을 거쳐 직장을 잡았
지만 2009년도 계약 만료에 의해 직장에서 물러나게 되었지요.
직장 생활 3년 하고 나서 얻은 것은, 젊음을 바쳐 공부한 보람은
삽시간에 약에도 못 쓰는 허울이 되어버렸고, 다시 야인으로 돌
아가는 마당에 두 번째 시집『길을 가다가 휴대전화를 받다』를
경상남도문화예술진흥기금을 받아서 내게 되었습니다. 이때도
문학 활동을 하고 있는 단체의 도움을 크게 받았지요. 제가 벌어
놓은 돈이 없기도 했지만, 이렇게라도 해서 이런 기회에 시집이
라도 묶어 내야 저의 그 당시 삶이 영위되겠다 싶어서 도움을 받
았고, 도움을 부탁하기도 했던 것이지요.

어느덧 지천명을 지나 이순을 바라보는 시기에 내가 가진 것
이라고는 시집 두 권밖에 없다는 생각 때문에 밤이면 홀로 누워

너무 외롭다고 느끼면서 써낸 글들을 묶어 내고 다시 출발을 하자는 마음을 내었습니다. 저보다도 더 좋은 글과 더 많은 돈을 갖고 있는 사람들도 세상에는 많고, 식솔들을 거느리고 즐겁게 늙어가는 사람들이 거의 대부분인데, 가난하기만 하고 글도 썩 좋지 못한 채 아름답게 늙어가지도 못하는 제가 이렇게 또 시집을 세상에 내놓게 되어 조금은 송구스럽습니다.

시집의 제목을 『혁명은 오지 않는다』라고 붙인 것은 저도 이런 글을 쓸 수 있다는 뜻 외에는 아무런 의미가 있을 수 없습니다. 누구나 혁명을 꿈꿀 수는 있고, 그 혁명은 꼭 시대를 바꾸는, 위정자를 바꾸는, 나라를 바꾸는, 그런 정치적인 혁명보다는 내 내면 속의 혁명, 내 머릿속 이데아의 혁명, 내 뇌 속의, 마음속의 혁명 같은 것도 있다는 사실을 보여준다는 것쯤으로 읽어주시기를 바랄 뿐입니다.

올해로써 시의 길에 들어선 지가 꼭 서른 해 되는 셈입니다. 그동안 참으로 게을렀다는 생각을 합니다. 시를 공부하며 시를 열심히 쓰며 살아야겠다는 생각을 거듭합니다. 여기에 담은 글들이 너무 볼품없다는 생각에 목이 멥니다. 좀 더 좋은 글을 써서 보답하는 길밖에는 없다는 사실을 너무도 잘 압니다.

저의 시에 대한 해설을 이 자리에 넣어 붙이는 것이 상례인데, 저는 그럴 만큼 어려운 시를 쓰는 형편도 안 되고, 누구에게 부탁해서 저의 글에 대한 해설을 써달라고 조르고 싶을 만큼 강단도 없어서 그냥 이렇게 후기를 대신하여 저의 하소연을 몇 자 적어 살핍니다.

　부족한 저의 글을 읽어주신 데 대해 고마움을 정중히 표하고
자 합니다.